AF423687

تريندز للبحوث والاستشارات
TRENDS RESEARCH & ADVISORY

تطورات المشهد الإعلامي للإخوان المسلمين بعد إطلاق قناتي «الشعوب» و»حراك»

منير أديب

أوراق محاضرات (4)
فبراير 2023

مركز تريندز للبحوث والاستشارات

يُعـد مركـز ترينـدز للبحـوث والاستشـارات مؤسسـة بحثيـة مسـتقلة تأسـس عـام 2014، ويهتـم باستشـراف المسـتقبل في جوانبـه الاسـتراتيجية والسياسـية والاقتصاديـة، وتتبـع القضايـا العالميـة المختلفـة. كـما يهـدف المركـز إلى تحليـل الفـرص والتحديـات عـلى مختلـف الصعـد الجيوسياسـية الراهنـة، ومـا تحملـه مـن متغيـرات محتملـة، مـع محاولـة إيجـاد إجابـات وتفسـيرات علميـة وموضوعيـة مـن شـأنها المسـاهمة في التأثـير في اتجاهـات الأحـداث مـع مراعـاة نواحـي التحليـل والنقـد والاستشـراف.

ويقـدم المركـز مـن أجـل تحقيـق غاياتـه العلميـة، دراسـات رصـينة ذات أبعـاد استشـرافية مسـتقبلية، ويطرح أفضل البدائل الممكنة لمسـاعدة صنّـاع القـرار في معرفـة التطـورات الإقليميـة والدوليـة بشـكل أعمـق، والاسـتفادة مـما توفـره مـن فـرص. كـما يقـوم المركـز برصـد الاتجاهـات والتغيـرات الاسـتراتيجية والاقتصاديـة والإقليميـة والدوليـة، بشـكل أعمـق، والاسـتفادة مـما توفـره مـن فـرص، والتنبـؤ بآثارهـا المسـتقبلية، وذلـك وفـق الضوابـط العلميـة المتعـارف عليهـا دوليـاً لـدى أعـرق مراكـز التفكـير والبحـث العلمـي.

المحتويات

ملخص تنفيذي

تزامـن قـرار جماعـة الإخـوان المسلمين بالإعـلان عـن انطـلاق فضائيـة «الشـعوب» التابعـة لجبهـة محمـود حسـين والمعروفـة إعلاميًـا بجبهـة إسطنبول، وفضائيـة «حـراك» التابعـة للمكتـب العـام (تيـار التغيـير) أو مـن يطلـق عليهـم الكماليـون الجـدد، مـع الدعـوات التـي أطلقهـا الإخـوان للتظاهـر في القاهـرة في 11 نوفمـبر 2022، لإثارة الفـوضى في مصـر، إذ تهـدف جماعـة الإخـوان المسـلمين إلى اسـتغلال الوضـع الاقتصـادي في مصـر والعمـل عـلى تصديـر فكـرة إسـقاط الدولـة، اعتقادًا منها أن لديها القدرة على تحريض الشعب المصري.

وبشـكل عـام لم يختلـف خطـاب الفضائيـتين كلتيهـما عـن فضائيـات جماعـة الإخـوان المسـلمين السـابقة التـي تـم إنشـاؤها بعـد عـام 2013، مـن حيـث تشـويه صـورة الدولـة المصريـة والأنظمـة العربيـة المناهضـة للإرهـاب، مـن أجـل التحريـض على ممارسة العنف ضد الدولة المصرية تحت عناوين وشعارات مختلفة.

ويبـدو أن الأزمـات التـي تعـاني منهـا جماعـة المسـلمين، والتـي جعلتهـا تشـهد تراجعًـا عـلى المسـتوى الشـعبي والسـياسي، انعكـس عـلى المسـتوى الإعلامـي لقنواتهـا الفضائيـة مـن جهـة، ومـن جهـة أخـرى لم يتأثـر الخطـاب الرسـمي للإعـلام الوطنـي في مصر أو في المنطقة العربية بسبب إطلاق هاتين الفضائيتين، لأنهما ولدتا ميّتتين.

لـذا يمكـن القـول إن سـقوط الإخـوان سياسـيًا أثّـر كثـيرًا عـلى مصداقيتهـم ليـس فقـط عـلى المسـتوى السـياسي، ولكـن أيضًـا عـلى المسـتوى الإعلامـي، نظـرًا إلى أن الإخـوان لا يمتلكـون أي خـبرة أو قـدرة عـلى إدارة القنـوات التـي أحدثوهـا، ومـن ثم فهُم يفتقدون إلى خبرة إدارة المشهد الإعلامي.

مقدمة:

تنبـع أهميـة الإعـلام بالنسـبة إلى جماعـة الإخـوان المسـلمين مـن أهميـة المفاهيـم التـي طرحهـا المؤسـس الأول حسـن البنَّـا. فالتنظيـم يُـدرك جيـدًا أنـه لـن يسـتطيع أن يصـل بهـذه الأفكار إلى قطـاع عريـض مـن النـاس دون وسـاطة الإعـلام، وهـو مـا انتبـه إليـه حسـن البنَّـا في بدايـات دعوتـه، ممـا دفعـه إلى إنشـاء أول صحيفة للإخوان[1] في العام 1933؛ أي بعد تأسيس الجماعة بخمس سنوات فقط.

ولم يكتفِ حسـن البنَّـا بإصـدار صحيفـة واحـدة، بـل قام بإصـدار أكثـر مـن صحيفـة ومجلـة وصلـت إلى قرابـة 10 صحـف ومجلـات عـلى مـدار عشريـن عامًـا. وقـام أيضًـا بإنشـاء مطبعـة في وقـت مبكـر، بحيـث يسـتطيع طباعـة هذه الإصـدارات دون الحاجـة إلى مطبعـة لا يملكهـا الإخـوان، قـد تقبـل أو ترفـض طباعـة الإصـدارات الخاصة بالتنظيم أو يمكن الضغط عليها لتنفيذ ذلك.

أدرك الإخـوان المسـلمون أهميـة الإعـلام في وقـت مبكـر مـن تدشـين التنظيـم في ربيـع عـام 1928؛ فمنـذ ذلـك التاريـخ وحتـى الآن، يـولي الإخـوان اهتمامًـا بالإعـلام، سـواء مـن خـلال الحضـور الإعلامـي في كل وسـائل الإعـلام المحليـة والعربيـة والدوليـة أو عـبر وجـود وسـائل إعـلام خاصـة بهـم، تتـولى مهمـة نشـر الأفكار التـي بشـر بها المؤسس الأول حسن البنَّا.

---

1. تـم إنشـاء أول مجلـة للإخوان حملـت عنوان الإخـوان المسـلمين عـام (1933)، ثـم مجلـة النذير الأسـبوعية عـام (1938)، ثـم مجلـة المنـار (1939)، ثـم مجلـة التعـارف الأسـبوعية عـام (1940)، ثـم مجلـة الشـعاع الأسـبوعية (1940)، ثـم مجلـة «الإخـوان المسـلمون» اليوميـة عـام (1942)، ثـم مجلـة الشـباب الشـهرية عـام (1947)، ثـم مجلـة الكشـكول الجديـد (1948)، ثـم مجلـة الدعوة، وهي المطبوعـة الأكثر شـهرة في تاريخ الجماعة، والتي اسـتمرت في الفترة بين عامي (1951 و1957).

ولم يقتصر دور وسائل الإعلام التي أنشأها الإخوان المسلمون على الدعوة إلى الأفكار التي طرحها حسـن البنَّا، ولكنها ركـزت خطابها علـى انتقاد الأنظمـة السياسية في البلدان التي يعيـش فيها التنظيـم، وممارسـة الضغـوط تلـو الأخـرى علـى هـذه الأنظمـة حتـى تسـتجيب لمطالـب التنظيـم. مثلما حـدث تحـول في وسائل الإعلام التي يملكها الإخوان، إذ باتت تركز خطابها على تشويه خصومهم.

وازداد اهتمـام الإخـوان في العقـد الأخـير بوسائل الإعلام، علـى خلفيـة مـا أطلـق عليـه بثورات الربيـع العربي التي أضرت بالمنطقة العربيـة في العام 2011. وباتت هناك مساحة أكبر لإنشاء أكثر من منصة إعلامية. وقامت هذه المنصات بالدفـاع عـن خطاب التنظيـم ومواجهة خصومـه. كـما بـات الاهتمـام أكبر بهـذه المنصات بعدما فشل مشروع الإخـوان في أكـثر مـن دولـة مـن أهمها مصر؛ حيـث نجحت الجماعة في تطويـر ممارسـتها الإعلاميـة حتـى تكـون في مسـتوى التجـاوب مـع متطلباتها في الانتشـار الجماهيري وخـوض المعـارك السـياسية. وقـد أدركت مـدى أهميـة ازدواجيـة الخطـاب والمنـاورة في صقـل العبـارة والتوظيـف البراغـماتي للأحـداث المأسـاوية مـن تاريـخ الأمـة وملاحـم قياداتها التاريخيـة، منـذ البعثـة المحمديـة في إقـرار منظومـة مفاهيميـة منسـجمة مـع المرجعيـة الأيديولوجيـة لتنظيمها السياسي ومطامحه2.

وهنـا قام الإخـوان بإنشاء أكـثر مـن فضائيـة كانـت موزعة مـا بـين العاصمة البريطانيـة لنـدن وتركيا3، وقامـت بعـض الـدول برعايـة هـذه المنصات وتوفـير الدعـم المـالي لهـا، ولم يقتصر الأمـر عـلى ذلـك بـل ذهـب الإخـوان إلى إنشـاء فضائيـات يخاطبـون فيهـا المنطقـة العربيـة بأكملهـا، وهنا كان إطـلاق فضائيـة

---

2. إعلام الإخوان الهارب.. إرهـاب وتحـريض وتزييـف، مركز تريندز للبحوث والاستشارات، بتاريخ 27 أكتوبـر 2022، علـى الرابط: https://2u.pw/LwpDlN

3. كانـت نشـأة معظم القنوات في تركيا، لكن بعضها اتجه إلى لندن عندما طلبت حكومة أنقـرة مـن الإخوان تخفيـف حـدة انتقادهم للسلطات المصرية على خلفية التقارب المصري التركي.

«الشـعوب»، التـي تركـز في خطابهـا عـلى المنطقـة العربيـة التـي فشـل الإخـوان في تطبيق مشروعهم فيها مثل مصر وتونس والسودان، كأمثلة.

فلـم تكتـفِ الجماعـة بإطلاق هـذه الفضائيـة في لنـدن، ولكنهـا سـعت إلى إنشـاء فضائيـة جديـدة حملـت اسـم «حـراك» وتغـير اسـمها إلى «الحريـة»4، وهنـا اعتبرت الجماعـة أن خطـاب هـذه الفضائيـة سـوف يكـون موجهًـا إلى المنطقـة العربيـة، وإن كانـت الفضائيـة نفسـها متخصصـة في نقـل مـا دعـت إليه الجماعـة مـن تظاهـرات يـوم 11 نوفمـبر 2022، وهـو اليـوم الـذي يوافـق عقـد مؤتمـر المنـاخ في القاهرة5.

تتنـاول هـذه الورقـة البحثيـة تطـورات المشـهد الإعلامـي للإخـوان بعـد إطـلاق الفضائيـات الأخـيرة، وخصوصًـا أن مسـتجدًا عـلى السـاحة يرتبـط بتغـير خطـاب هـذه الفضائيـات إلى التحريـض المبـاشر عـلى العنـف والفـوضى، ربمـا بصـورة أكـبر مـما كانـت عليـه النسـخة الأولى لهـذه الفضائيـات، فضـلًا عـلى أن هـذه الفضائيـات خرجـت مـن موطنهـا الأسـاسي في إسـطنبول إلى لنـدن، بعـد التقـارب المحتمل بين القاهرة وأنقرة.

وتسـعى الورقـة البحثيـة أيضًـا إلى رصـد المشـهد الإعلامـي للإخـوان، وكذلك تأثير ظهـور الفضائيـات المشـار إليهـا عـلى وضعيـة الإخـوان الحاليـة، وانعكاس ذلك عـلى الدعـوات الفوضويـة التـي يطلقهـا التنظيـم في المنطقـة مسـتغلًا الأوضـاع الاقتصادية في الـدول التـي يتواجـدون فيهـا، والتـي تأثـرت بجائحـة كورونـا وبالحـرب الروسية على أوكرانيا.

---

4. قنـاة الإخـوان تغـيّر اسـمها.. وتتهم العربية نـت بعرقلـة بثهـا، موقـع قنـاة العربيـة، بتاريـخ 28 أكتوبـر 2022، عـلى الرابـط: https://2u.pw/WDIEJ

5. الوجـه القبيـح للإخـوان في مؤتمـر المنـاخ بـشرم الشـيخ.. هسـتيريا اسـتهداف مصر، موقع العين الإخباريـة، بتاريـخ 11 نوفمـبر 2022، على الرابط: https://2u.pw/y169gB

أولًا- أسباب تدشين فضائيتي (الشعوب والحراك):

تزامـن قـرار إنشـاء فضائيتـي «الشعوب»6 و»الحـراك» مـع الدعـوات التـي أطلقهـا الإخـوان للتظاهـر في القاهـرة في 11 نوفمبـر 2022. صحيـح أن فضائيـة الشعوب أطلقتهـا جبهـة محمـود حسـين بعدمـا تـم وقـف بـث البرنامـج الرئيسي في القنـاة للمذيـع معتـز مطـر، ومـن ثـم بـدأ الإخـوان يبحثـون عـن منصـة أخـرى تُعبر عنهـم ويسـتطيعون مواصلـة هجومهـم مـن خلالهـا، وهنـا كان بدايـة التفكيـر في إنشاء قناة «الشعوب»7.

ولعـل هنـاك سـببًا آخـر يتمثـل في أن الجهـة التـي أقدمـت عـلى إنشـاء هـذه الفضائيـة، هـي جبهـة محمـود حسـين؛ فهـي تريـد أن تكـون مالكـة لقنـاة فضائيـة عـلى غـرار جبهـة إبراهيـم منيـر الموجـودة في لنـدن، والتـي مازالـت مالكـة لفضائيـة (مكملـين)، وهنـا يبـدو أن الخـلاف التنظيمـي يُعـدُّ أحـد أسـباب إطـلاق فضائيـة (الشعوب)، ولعله السبب السياسي الأهم8.

وهنـا عبّرت جبهـة محمـود حسـين عـن مباركتهـا لهـذه الانطلاقـة، وأنهـا سـوف تكـون بدايـة لمـا أسـمته الجماعـة الدفـاع عـن قضايـا الشعوب العربيـة وتحريـر قيودهـا، وهـذه إشـارة مـن قبـل هـذه الجبهـة بأنها تتبنى القضايا الوطنية بوصفها هي التي تمثل الإخوان أمام الجبهة المناوئة لها في لندن9.

---

6. تـم إطـلاق بـث القنـاة في 8 أكتوبـر مـن العـام 2022، وقـد تزامـن مـع إعـلان قنـاة حـراك 11/11 خروجهـا إلى النـور في أول نوفمبر من العام نفسه.

7. «الشعوب» منصـة إعلاميـة إخوانيـة جديـدة مـن لنـدن، موقـع كيـو بوست، بتاريـخ 26 أكتوبـر 2022، عـلى الرابـط: https://2u. pw/gOIebk

8. بانت القنـوات الفضائيـة مقسـمة مـا بـين الجبهتـين البارزتـين داخـل التنظيـم، جبهـة محمـود حسـين ومعهـا فضائيتـا (الشعوب) و(وطـن)، بينـما فضائيتـا (مكملـين) و(الحـوار) تقعـان تحـت سـلطة الجبهـة الثانيـة، إبراهيـم منيـر في لنـدن، والجبهـة الثالثـة الخاصـة بالتيـار الثالـث تبحـث عـن إنشـاء فضائيـة (حـراك) أو (الحريـة) لتعبر مـن خلالهـا عـن رؤيتها فيـما تطرحـه مـن أفـكار، فضلًا عن تصوراتها باعتبارها ترى نفسها مختلفة عن الجبهتين المتصارعتين.

9. نـص كلمـة م/ عصـام الحـداد، عضـو مجلـس الشـورى العـام للإخـوان وأحـد أهـم الممثلـين لجبهـة محمـود حسـين في إسطنبول، يمكن مراجعة النص على موقع اليوتيوب، على الرابط، https://www.youtube.com/watch?v=VBZyKLWQ-j0.

وقـال عصـام الحـداد، أحـد قـادة جبهـة إسـطنبول، في مقطـع بثـه القنـاة عـبر حسـابها بـ «تويـتر»: «نهنـئ الشـعوب بهـذه الانطلاقـة التـي سـتعبر عن شـعوب الأمتـين العربيـة والإسـلامية»، مشـيرًا إلى أن «القنـاة لـن تسـتطيع أجهـزة القمـع أن تؤثـر عليهـا، أو أن تحجـب بوصلتهـا، أو تجعلهـا تحيـد عـن خطهـا الـذي أنشـئت مـن أجلـه»، في إشـارة إلى التضييـق الـذي فرضتـه السـلطات التركيـة عـلى الأذرع الإعلاميـة الإخوانية10.

وخصوصًـا أن مسـمى (الشـعوب) يحمـل دلالـة تجاوُز الطابـع المحلي، ولـه علاقـة بمـا قامـت بـه الجماعـة مـن الإعـلان عنـه بعـد ظهـور بـث القنـاة، بحيـث يُصبـح خطابهـا غـير مقتصـر عـلى مصـر بـل موجهًـا إلى المنطقـة العربيـة بأكملهـا، قـد يكـون هدفهـا مركزًا عـلى مصـر، ولكـن حـال المنطقـة العربيـة التـي سـقطت عـروش الإخـوان فيهـا لـن يكـون غائبًـا عـن المحتـوى، الـذي يُقـدَّم عـلى هـذه الفضائيـة التـي اختـارت اسـم (الشـعوب).

أمـا بخصـوص فضائيـة (حـراك) فيبـدو الأمـر مختلفًـا بعـض الـشيء، وخصوصًـا أن هـذه الفضائيـة تـم الإعـلان عنهـا تزامنًـا مـع المؤتمـر، الـذي عقـده المكتـب العـام للإخـوان في إسـطنبول أو مـن أطلقـوا عـلى أنفسـهم تيـار التغيـير، للإعـلان عـن الإصدار الأول للوثيقة السياسية11.

وهنـا أعلـن الكماليـون الجـدد، أو مـن يعتـبرون أنفسـهم امتـدادًا لعضـو مكتـب الإرشـاد السـابق، محمـد كـمال، رئيـس اللجنـة الإداريـة العليـا، والـذي قُتـل في إحـدى المواجهـات المسـلحة مـع الشرطـة المصريـة في أكتوبـر مـن العـام 2016،

---

10. «الشـعوب».. سر توقيـت وأهـداف إطـلاق ذراع الإخـوان الإعلاميـة الجديـدة، موقـع العـين الإخباريـة، بتاريـخ 23 أكتوبـر 2022، على الرابط: https://2u.pw/XAr0nE

11. أقـام تيـار التغيـير مؤتمـره الأول في اسـطنبول في 15 أكتوبـر مـن العـام 2022 للإعـلان عـن الوثيقـة السياسـية الأولى، وهـو مـا عدَّه بعـض المراقبـين دعـوة لمواصلة العنـف والتصعيـد ضـد الدولـة في مصـر، وخصوصًـا أن التيـار اختـار أكتوبـر بوصفـه رمزًا للشهر الذي قُتـل فيه مؤسس التيار محمد كمال، في أثناء مواجهات مع أجهزة الأمن المصرية عام 2016.

عــن تدشــين فضائيــة (حــراك 11/11) وقالــوا: إن الســبب مــن وراء إنشــاء هــذه الفضائية هو تغطية الاحتجاجات التي دعت إليها الجماعة في هذا اليوم.

في البدايـة تـم الإعـلان عـن أن هـذه الفضائيـة سـوف تخـرج باسـم (حـراك) وأنهـا سـوف تبـثُّ مـن فيتنـام، وأنهـا سـوف تبـث لمـدة يـوم كامـل، وهـو يـوم الاحتجاجــات فقــط، بعدهــا ســوف يتوقــف البــث نهائيًـا، حيـث تكـون هـذه الفضائية قد قامت بالدور الذي خرجت من أجله.

الحقيقـة أن الفضائيـة لم تخـرج للبـث مـدة يـوم واحـد، بدليـل أنـه تـم تغيير اسـمها بعـد أيـام عـدة، إذ أطلقـوا عليهـا اسـم (الحريـة)12، وأن مـكان بـث القنـاة لبنـان وليـس فيتنـام، إذ تـم شراء إشـارة البـث مـن هنـاك، وكان الهـدف هـو التعتيـم عـلى مسـار عمـل القنـاة مـن خـلال نـشر معلومـات غير دقيقـة عنهـا، فنجحت السلطات المصرية في وقف إشارة البث قبل انطلاقها.

وهنـا اتجـه المكتـب العـام إلى محاولـة جديـدة، من خلال شركـة يوتلسـات13، وهـي شركـة فرنسـية، لبـث قنـاة (الـشرق) المملوكـة للهـارب أيمـن نـور14 مأخـوذ مـن هـذه الشركـة، إذ يحـق لـه أن يخـرج بإشـارة بـث أخـرى وفـق بنـود العقـد المبرم بـين أيمـن نـور والشركـة الفرنسية15، بحيـث يتم دفع مبلغ 35 ألـف دولار بشـكل آجـل غـير عاجـل عـلى كل إشـارة بـث. وهـو مـا حـدث بالفعـل، غـير أن الحكومـة المصرية نجحت في التشويش عـلى إشارة البـث الجديـدة، وهـو مـا دفع الإخـوان إلى الإعـلان عـن أنهـا سـوف تخـرج بقنـاة جديـدة، ولكـن عـلى التليجرام

---

12. قناة الإخوان تغيّر اسمها.. وتتهم العربية نت بعرقلة بثها، موقع قناة العربية، مرجع مذكور.

13. يمكـن بـث القنـاة مـن خـلال مـدار مـواز للقمـر الصناعـي النيل سـات، ومـن ثم يمكن مشـاهدته في مصر والمنطقـة العربيـة، بالرغم من أن إشارة البث تتبع القمر الصناعي الفرنسي يوتلسات.

14. معارض مصري مقيم في إسطنبول.

15. اطلـع الباحـث عـلى العقـد المبرم بـين أيمـن نـور والشركـة الفرنسـية، إذ نجـح الأول في تدشـين قنـاة جديـدة مـن خـلال إشـارة بث جديدة على الشركة الفرنسية وفق بنود العقد المشار إليها بعنوان (لا) إلا أن هذه القناة توقفت.

لنـشر صـور الاحتجاجـات التـي دعـت إليهـا في القاهـرة، وهـو مـا يُعـدُّ تراجعًـا أو فشلًـا فيما أقدمت عليه الجماعة أو ما أرادته من خلال هذه القناة.

تلاقـت أهـداف الإخـوان في الجبهـات المتناحـرة الثـلاث (جبهـة محمـود حسـين، جبهـة إبراهيـم منـير، وجبهـة المكتـب العـام) عـلى خطـاب إعلامـي واحـد، كان ذلـك ظاهـرًا مـن خـلال خطـاب قنـاة (الشـعوب) التـي تملكهـا جبهـة محمـود حسـين في إسـطنبول، وخطـاب قنـاة (مكملـين) والتـي تملكهـا جبهـة إبراهيـم منـير، فضلًـا عـن أن أيمـن نـور وقنـاة (الـشرق) حاولـت أن توفـر إشـارة البـث لقنـاة (حـراك) أو (الحريـة)، بالرغـم مـن أن قنـاة (الـشرق) مليئـة بالإخـوان مـن كل الجبهات.

إجمالًا يمكـن تعـداد الأسـباب الكامنـة وراء إطـلاق قنـاتي (الشـعوب) و(حراك) فيما يلي:

- الدعوة إلى الاحتجاجات ضد السلطات في مصر وتغطية هذه الاحتجاجات.

- الحفـاظ عـلى حالـة الزخـم التـي تصنعهـا هـذه الاحتجاجـات، حتـى تتـم الدعوة إلى احتجاجات أخرى تكون أكثر عنفًا من سابقتها.

- اسـتغلال الوضـع الاقتصـادي في مـصر والعمـل عـلى تصديـر فكـرة إسـقاط الدولـة، عـلى خلفيـة حالـة التضخـم في أسـعار السـلع التـي صاحبـت جائحـة كورونا والحرب الروسية16.

- تنويـع مصـادر الإعـلام المملوكـة للإخـوان، جـاء ذلـك بعـد أن قامـت السـلطات التركيـة بإيقـاف البرامـج المحرضـة ضـد القاهـرة، وهـو مـا دفـع التنظيـم إلى إنشاء قنوات بديلة في لندن.

---

16. لمـاذا تكثـف جماعـة الإخـوان هجومهـا عـلى الاقتصـاد المـصري؟، موقـع حفريـات، بتاريـخ 9 نوفمـبر 2022، عـلى الرابـط: https://2u.pw/lYwXfX

- وجــود جبهــات منقســمة داخــل تنظيــم الإخــوان، دفــع كل جبهــة إلى الإعــلان عــن منصــة إعلاميــة تُعــبر عنهــا، وهــو مــا أدى إلى وجــود هــذا الكــم مــن الفضائيات والإعلان عن أخرى جديدة.

- إطــلاق فضائيــة (حــراك) قــد يُزيــل الحــرج عــن جبهتــي محمــود حســين وإبراهيــم منــير، اللتين تبحثــان عــن تقــارب مــع الســلطات في مصر بدرجــة أو بأخرى17، في حــال فشــل الاحتجاجــات، إذ ســوف تتبرآن عندهــا مــن فضائيــة (حــراك) ومــا أذيــع عــلى شاشــتها، وهــذا قــد يكــون وراء ســعي الجبهتــين إلى خــروج (حــراك) إلى النــور بعيــدًا عــن خطــاب كل منهــما، فيــما تملكانــه مــن فضائيات تعبر عنهما.

ثانيًا- تأثير فضائيات الإخوان على المشهد الإعلامي:

إلى أي مــدى إعلامي يمكــن أن تؤثر فضائيتا الإخــوان الجديدتان (الشعوب) و(حراك) عــلى المشــهد الإعلامــي؟ وهــل يمكــن أن يكــون هنــاك امتــداد لهــذا التأثير عــلى المشــهد السياسي؟ وما هي تطورات المشهد الإعلامي للإخوان بعد إطلاق هاتين الفضائيتين؟

في الحقيقــة لــن يختلــف خطــاب كلتــا الفضائيتين عــن خطابــات فضائيــات الإخــوان الســابقة التي أنشــؤوها بعــد عــام 2013، إلا أنها ســوف تكــون أكــثر تركيــزًا عــلى الدعــوة إلى إســقاط النظــام الســياسي في مصر وســائر أنظمــة المنطقــة العربيــة التي تمردت على حكم الإخوان مثل تونس والسودان والمغرب.

فهاتــان الفضائيتــان ولدتــا ميتتين، بالرغــم ممــا صاحبهــما مــن زخــم ســواء قبــل إعــلان بثهــما أو مــع موعــد بــث قنــاة (الشــعوب)، أو مــا قيــل عــن قلق النظام في مصر مــن ظهــور قنــاة (حــراك) للنــور، وهــو مــا دفــع الســلطات إلى مواجهــة أي

---

17. «إخــوان مصر»: تجــاوز الصراع عــلى الســلطة، جريدة الشرق الأوســط، بتاريــخ 15 أكتوبــر 2022، عــلى الرابــط، https://2u. pw/D68uXk

محـاولات تتعلـق بظهورهـا إلى النـور، وهـو أمـر بـدا مختلفًـا عـن قنـاة (الشـعوب)، بالرغم من أنهما تدعوان إلى الأفكار نفسها.

فقنـاة (حـراك) مملوكـة للمكتـب العـام للإخـوان، أو مـا يمكـن أن نطلـق عليهـم «الكماليـون الجـدد» الـذيـن مارسـوا عنفًـا مسلحًـا في مـصر تحـت شـعار الحـراك الثـوري. هـذه المجموعـات تُريـد إثـارة الفوضى في الشـارع وتدعـو إلى ممارسـة هـذا العنـف تحـت عناويـن وشـعارات مختلفـة، بخـلاف قنـاة (الشـعوب) التي تُشـاركها في الأهداف، ولكنها تبدو مختلفة عنها بعض الشيء في منطلقاتها.

وبالرغـم مـن ذلـك فسـوف تخلـو خريطـة هاتيـن القناتيـن مـن أي برامـج بخـلاف برنامـج «مـع معتـز» الـذي يقدمـه الإعلامـي الهـارب معتـز مطر عـلى قنـاة (الشـعوب)18، أمـا بقيـة سـاعات البـث فسـوف تنـشر من خلالها بعـض الفيديوهات المحرضـة والأناشـيد الحماسـية والكلمـات المقتطعـة مـن أحاديـث سـابقة للرئيـس المصري عبد الفتاح السيسي، بهدف تشويهه.

أمـا فيـما يتعلـق بقنـاة (حـراك) التـي لم تخرج للنـور بعـدُ عـلى الأقـل حتـى إعـداد هـذه الدراسـة، فبالرغـم مـن أنهـا وجدت إشـارة البـث التـي يمكـن أن تظهـر مـن خلالها19، فـإن حالها لـن يختلـف كثيًّـرا، وإن كانت تهتم أكثر بنـشر التجمعات والاحتجاجـات المناهضـة للدولـة ونصائـح للمتظاهريـن في التعامـل مـع قـوات الأمـن التـي تسـعى إلى تفريـق المتظاهريـن، كـما أنهـا سـوف تنـشر مـواد تحـرض مـن خلالها المتظاهريـن عـلى التعامـل مـع قـوات الأمـن تحـت لافتـة الدفـاع عـن النفس، وإن وصل ذلك إلى قتل قوات الأمن.

---

18. لا توجـد أي برامـج عـلى القنـاة خـلاف برنامـج «مـع معتـز»، يمكـن متابعـة حلقتـه عـلى موقـع اليوتيوب، عـلى الرابـط،
https://www.youtube.com/watch?v=rVE6hPIXB-k

19. مـن خـلال القمـر الصناعـي الفرنسـي يوتلسـات وفـق العقـد المـبرم بيـن أيمـن نـور والشـركة الفرنسـية في أثنـاء شراء بـث قنـاة (الشـرق)، وهـو مـا أعطـى حقًّـا لأيمـن نـور باعتبـاره مالـكًا لحـق البـث في اسـتخدام ثـلاث إشـارات أخـرى، بخـلاف إشـارة البـث التي تخرج قناة (الشرق) من خلالها.

يُعـاني الإخـوان مـن التراجـع عـلى المسـتوى الشـعبي والسـياسي معًـا، وهو مـا انعكـس عـلى المسـتوى الإعلامـي بصـورة كبـيرة، فـما عـادت هنـاك أي مصداقيـة لـما يطرحـه الإخـوان عـبر منصاتهم الإعلاميـة القديمـة أو حتى الجديـدة التـي طرحوها مؤخرًا، مثلما باتت اللجان الإلكترونية التي يديرونها بلا تأثير حقيقي.

ولعـل التنظيـم أدرك ذلـك جيـدًا، وهـو مـا دفعـه إلى سرعـة إنشـاء فضائيـات جديـدة، ليـس مـن بـين أهدافهـا وجـود خريطـة برامجيـة أو بـرامـج تـوك شـو أو طرح قضايـا للنقـاش، ولكـن الهـدف الرئيـسي هـو خلـق حالـة مـن الفـوضى مـن خـلال الدعـوات المتكـررة للتظاهـرات، ويبـدو أن هنـاك تغيرًا في خطـاب هـذه الفضائيـات، وهو ما يؤثر في أهدافها التي انطلقت من أجلها.

لقـد فقـدت فضائيتـا الإخـوان (الشـعوب) و(حـراك) ملاذهـما السـابق عـلى الأراضي التركيـة، كـما أنهـما افتقدتا الدعـم المالي السـابق الـذي يُقـدَّم لهـما مـن دول وأفـراد، مثـلما أن الفضائيتـين كلتيهـما خسرتا بعـض المذيعـين والأطقـم الفنيـة، فكثـير ممـن كانـوا يعملون في الفضائيـات السابقة رفضـوا مغـادرة إسطنبول أو أي دولة أخرى ينطلقون من خلالها[20].

وقـد أثَّـر هـذا بصـورة كبـيرة عـلى الانطلاقـة الخاصـة بفضائيـة الشـعوب، فـلا يوجـد في هـذه القنـاة غـير مديرهـا والمذيـع الأول فيها معتـز مطـر، فمهـما كانـت قدراتـه، فـلا يمكـن أن يجمـع عـددًا كبـيرًا مـن المشـاهدين يـوازي قنـاة (الشـرق) التي كان يقدم فيها البرنامج الرئيسي.

ويُضـاف إلى هـذا وذاك تعزيـز حالـة الانقسـام بـين جبهـات الإخـوان الثلاث، وهـذا لـه تأثـير عـلى خطـاب القنـوات الفضائيـة المشـار إليهـا. صحيـح أن هـذه الجبهـات تحـاول أن تقفـز عـلى مسـاحات الاختـلاف ولا تتطـرق إليـه في الوقت

---

20. «الإخـوان».. هـل تنجح الجماعـة في اسـتعادة التأثير الإعلامـي المفقـود؟، مركـز ترينـدز للبحـوث والاستشـارات، بتاريـخ 10 نوفمبر 2022، على الرابط: https://2u.pw/NN3EhV

الحـالي، حتـى تركـز جهودهـا في إسـقاط النظـام السـياسي في مـصر، ولكنهـا لا يمكـن أن تمنع هذا التأثير.

لم يتأثر الخطاب الرسـمي للإعلام الوطني في مصر أو في المنطقـة العربيـة بسـبب إطـلاق هاتـين الفضائيتـين، لأنهـما ولدتـا ميتتـين، ولأن الخلفيـة السياسـية لمـن أطلقوهـما تحكمت كثيرًا في مصداقية الخطاب الذي يصدر عنهما، وهنا بات التأثير ضعيفًا.

في حالـة واحـدة يكـون لهاتـين الفضائيتـين تأثيـر، وهـو أن تقومـا ببـث فيديوهـات مفبركـة أو اقتطـاع مـواد وإضافـة أخـرى، حتـى تحمل مضمونًا غـير صحيـح ولكنـه جـذاب في الوقـت نفسـه. حينها فقط قـد تؤثر هاتان الفضائيتـان على قطـاع مـن النـاس، ولكنـه لـن يكـون كبـيرًا، وهـو مـا سـوف تلعب الجماعـة عليه خلال الفترة القادمة.

ثالثًا- الإعلام الرسمي في مواجهة فضائيات الإخوان:

يبـدو الإعـلام الرسـمي في القاهـرة أقـوى بكثـير مـن الإعـلام المـوازي للإخـوان، ويبـدو أن ضعـف الإخـوان السـياسي وعـدم تأثيرهـم دفعهـم إلى البحـث عـن بدائـل جديـدة لهـم في الإعـلام، بدائـل غـير ذات تأثير عـلى النـاس، فبـات مضمـون هـذه الفضائيات بلا أي تأثير.

لقـد أثـر سـقوط الإخـوان سياسـيًا كثيـرًا عـلى مصداقيتهـم ليـس فقـط عـلى المسـتوى السـياسي، ولكـن أيضًـا عـلى المسـتوى الإعـلامي، فباتـوا بـلا أي تأثـير، وربمـا انصرف النـاس عـن متابعـة مـا ينشرونه بالرغـم مـن اللغـة الصارخـة التـي يقدمون بها برامجهم، والتي قد تدفع البعض إلى مشاهدتها من باب الفضول.

لقـد بـدا الإعـلام الرسـمي في القاهـرة المقصـودة مـن وراء إطـلاق فضائيتـي (الشـعوب) و(حـراك) أقـوى بكثـير مـن خطـاب هاتـين الفضائيتـين، بدليـل أنهـما لم

تستطيعا أن تؤثرا في الناس أو أن تكون لهما أرضية حقيقية في الشارع المصري، ولعل الإعلام الرسمي نجح في خلق حالة من الوعي على مدار عقد كامل من الزمان، فاستراتيجية الدولة في مصر تركزت على بناء حالة من الوعي لمواجهة خطر ما تبثه فضائيات الإخوان من محتوى.

صحيح أنه تم إطلاق قناة (القاهرة) الإخبارية21 في مصر لتلبي احتياجات المشاهد المصري الذي يتطلع إلى الأخبار العالمية وسط عالم متحول، ولكن فضائيات الإخوان لم تكن ضمن الخطط المستهدفة لهذه القناة، فخطاب هذه القناة موجه بالأساس إلى تغطية الأخبار الدولية، كما أنها تمثل صوت مصر في الخارج.

وهنا أحسن الإعلام المصري التعامل مع إعلام الإخوان في الخارج، إذ ركز دوره في بناء جبهة من الوعي لدى الشعب المصري، ولم يتعامل بمبدأ الرد على كل ما يطرحه إعلام الإخوان المعادي، ولكن لعب على هدف بناء جدار من الوعي، كان كفيلًا بإبطال مفعول فضائيات الإخوان القديمة والجديدة معًا.

وقد ركز الإعلام الرسمي على عرض الحقائق وليس على رد أباطيل إعلام الإخوان، ومن ثم بات له مشاهدون ومتابعون بخلاف متابعي إعلام الإخوان، فمعظمهم إما أنهم ينتمون إلى الإخوان تنظيميًا، وبالتالي يتابعون إعلام التنظيم، أو هم مشاهدون لهذه القنوات يبحثون في عقل التنظيم من خلال ما يطرحه من برامج، وهدف هؤلاء أن يفهموا التنظيم بصورة أكبر حتى يمكن لهم مواجهته.

إن الإعلام الرسمي يتعامل وفق ميثاق العمل الإعلامي ويلتزم بكل القواعد الحاكمة في هذا الإطار، وهو ما يميزه المشاهد بصورة كبيرة، ولعل هذا

---

21. أول بث لقناة (القاهرة) الإخبارية في 1 نوفمبر عام 2022، وهي تُعد القناة الإخبارية الأولى التي تطلقها مصر.

الفـارق هـو الـذي دفع المشـاهد إلى الارتبـاط بالإعلام الرسـمي والزهـد في كل مـا يطرحـه الإخـوان، سـواء مـن خـلال منصاتهـم الإعلاميـة القديمـة أو الجديـدة، أو مـا يطرحونه حتى على مواقع التواصل الاجتماعي.

فالإعـلام الرسـمي يمثـل عقبـة كؤودًا أمـام تأثـير إعـلام الإخـوان الجديـد، ولعـل هـذا هـو الـسر وراء انتقـاد الإعلاميـين الذيـن يخرجـون عـلى هـذا الإعـلام ومحاولـة اغتيالهـم معنويًـا، حتـى لا يُصبـح هنـاك أي تأثير لخطابهـم، ولعـل هـذه هي الوصفة السحرية التي يعتمد عليها القائمون على إعلام الإخوان.

ولا يمتلـك الإخـوان أي خـبرة أو قـدرة عـلى إدارة القنـوات التـي أنشـؤوها، ومـن ثـم فهـم يفتقـرون إلى خـبرة إدارة المشـهد الإعلامـي، فالجماعـة تفتقـد الحـس الإعلامـي، وهـي غـير قـادرة عـلى صناعـة الصـورة أو الحـدث، فضـلًا عـن أنهـا تحتكـم إلى القواعـد التنظيميـة للجماعـة بصـورة أكـبر مـن القواعـد المنظمـة للإعـلام، وهـذا أحد أسباب فشلهم إعلاميًا وعدم قدرتهم على المنافسة.

فهنـاك تطور في المشـهد الإعلامـي، لكنـه حتمًـا لـن يكون في مصلحـة الإخوان ولا فيـما أطلقـوه مـن فضائيـات، فـما قيمـة هـذه الفضائيـات مادامـت تفتقـد إلى العنـصر الأسـاسي لنجاحهـا، وهـذا العنـصر يتمثـل في المشـاهد، وهنـا يمكـن إجـمال نقطتين مهمتـين حـول نفـوق إعـلام الإخـوان: أولاهـما أنـه يلتـزم بالقواعـد التنظيميـة عـلى حسـاب القيـم المهنيـة المنظمـة للإعـلام، وثانيهـما أن سـقوط الإخـوان السـياسي هو الذي أثر على خطابهم تأثيرًا حاسمًا.

ولعـل إعـلان الإخـوان عـن تدشـين قنـوات فضائيـة قـد أثار تسـاؤلات عـدة واهتـمام المتابعـين عـن أسـباب ذلـك وإمكانية نجـاح هـذه الفضائيـات مـن عدمـه، ولكـن هـذا لا يعنـي اعترافًـا بنجـاح هـذه الفضائيـات، فالفضائيـات القديمـة التـي نشـأت الجديـدة مـن رحمهـا لم تنجـح فيـما راهنـت عليـه، ومـن ثـم فلـن تحقـق الجديدة أي نجاح، بل نتوقع أن سقوطها سوف يكون أسرع من سابقاتها.

فمهما لبس إعلام الإخوان من حُلل جديدة من الإثارة والصوت الصارخ، ومهما تمرس في تزوير الواقع وتزييفه وحقق نجاحًا في ذلك، فإنه سوف يظل نجاحًا مؤقتًا يحمل في طياته فشلًا ذريعًا على المدى البعيد، وهذا هو حال إعلام الإخوان الذي يقوم على الإثارة وتصفية الحسابات، وهذا النوع من الإعلام ضيق الأفق، بالرغم من نجاحه الوقتي فإنه لا يعيش على المدى البعيد.

يظل الإعلام الرسمي أو المملوك للدولة هو الأقوى ليس لكونه ملكًا للدولة، ولكن بالنظر إلى أنه يحافظ على القيم الإعلامية وميثاق الشرف الإعلامي، بصورة أكبر من الإعلام المملوك للإخوان، الذي يختلط فيه السياسي بالإعلامي، وتمتزج فيه الصورة المزيفة بالحقيقة الغائبة دائمًا.

رابعًا- انعكاسات الانشقاقات الإخوانية على التوجيهات الإعلامية للجماعة:

لقد ترك الصراع الدائر بين جبهات الإخوان المختلفة أثرًا كبيرًا على الخطاب الإعلامي؛ فكل جبهة تملك تحت يديها عددًا من الفضائيات، وكل جبهة لها توجهها السياسي وخطتها التي تبدو مختلفة بعض الشيء عن الجبهة الأخرى، وكان ذلك ظاهرًا في الدعوات التي أطلقتها الجماعة للاحتجاجات في 11 نوفمبر 2022.

كل جبهة لها خطابها السياسي الخاص، ومن ثم فقد ظهر هذا الخطاب بصورة كبيرة على المنصات الإعلامية التابعة لها والمحسوبة في الوقت نفسه على إعلام الجماعة22؛ فبالرغم من أن الجبهات الثلاث اتفقت على الدعوة إلى احتجاجات نوفمبر على سبيل المثال، فإن خطاب جبهة التغيير من خلال قناة (حراك) يختلف عن خطاب قناة (الشعوب)، وكلتا القناتين تختلف عن خطاب قناتي (مكملين) و(الشرق)، وهنا ظهرت كل منصة كأن لها خطابًا خاصًا بها.

<hr>

22. بيان «الإخوان».. بروفات فاشلة للاحتجاج وكرات خارج المرمى، موقع العين الإخبارية، بتاريخ 2 نوفمبر 2022، على الرابط: https://2u.pw/pzDlwu

وترجـح التوقعـات انهيـار المنظومـة الإعلاميـة للإخـوان بشـكلها الراهـن، بسـبب الخـلاف المتصاعـد بـين جبهـة إبراهيـم منيـر المقيـم في لنـدن، ومحمـود حسـين المقيـم في إسطنبول. ويمكـن رد ذلك إلى سـببين: الأول، هـو رغبـة كل طـرف في بسـط سـيطرته ونفـوذه عـلى الإعـلام لحسـم الـصراع لمصلحتـه، والثـاني يتعلـق بالتداعيـات السـلبية التـي تواجهها الجماعـة بسـبب التضييـق عـلى أنشـطتها بشـكل عام، خلال الأشهر الماضية، سواء في أوروبا أو تركيا23.

وهنـا انعكسـت الانشـقاقات الإخوانيـة عـلى التوجهـات الإعلاميـة للجماعـة، التـي كانـت تلتـزم بخطـاب إعلامـي واحـد، غالبًـا مـا كان يـشرف عليـه أمـين عـام الجماعـة دون غيرهـا، ومـن ثـم يبـدو المحتـوى المقـدم عـلى هـذه المنصـات متسقًا مع توجهات الجماعة وخطها الدعوي والسياسي24.

مـع الانشـقاقات التـي ضربـت الجماعـة، ظهـرت كل جبهـة بخطـاب خـاص بها يُعـبر عـن توجهـها السياسي والتنظيمـي، الـذي يبـدو مختلفًـا بطبيعـة الحـال عن توجـه الجبهـة الأخـرى، وهـو مـا أثـر بصـورة كبـيرة عـلى توجهـات هـذه المنصـات وبالتالي على تأثيرها في الشارع.

لقـد بـات تأثير قنـوات الإخـوان الفضائيـة بعـد الانشـقاقات الأخـيرة التـي ضربـت التنظيـم ضعيفًـا، والضعـف هنـا شـمل قواعـد التنظيـم وأعضـاءه، مثلـما شـمل أعضـاء التنظيـم، الذين لم يستجيبوا لخطاب هذه القنوات المحرض على التظاهر في نوفمبر 2022.

فتأثير هـذه القنـوات بـات منعدمًـا في ظـل تنامـي الـصراع بـين الجبهـات الثلاث، ومـن ثـم فقد انعكس ذلك عـلى الخطاب الإعلامي للجماعة، الـذي تحول

---

23. تداعيـات صراع الإخـوان.. مـا مصير منظومـة الإعـلام؟، موقـع سـكاي نيـوز عربيـة، بتاريخ 26 ديسـمبر عـام 2021، عـلى الرابـط: https://2u.pw/MMDprG

24. قيـادة الإخـوان ترتبـك والرعـاة يراقبـون، موقـع ميـدل إيسـت أونلايـن، بتاريخ 22 سـبتمبر 2022، عـلى الرابـط: https://2u. pw/F5oNG0

مـن مجـرد تقديـم محتـوى محـرِّض ضـد الدولـة المصريـة إلى مشـاركة هـذا المحتـوى بآخـر ضـد الجبهـات المختلفـة داخـل التنظيـم، وهـو مـا أثـر عـلى خطـاب هـذه القنوات عامة، وبالتالي لم يعد هناك تأثير للتوجهات الإعلامية للجماعة.

ولعـل الفشـل الإعلامـي الـذي مُنيـت بـه قنـوات الإخـوان ظهـر بصـورة أكبر في عـدم الاسـتجابة للدعـوات، التـي أطلقوهـا للاحتجـاج في نوفمـبر المـاضي. صحيـح أن هنـاك أسـبابًا كثيرة لفشـل هـذه الدعـوات، ولكـن يبقـى مـن أهـم أسـباب ذلـك الفشـل ضعـف وسـائل إعـلام الإخـوان في حـد ذاتهـا، بالإضافـة إلى الانعـكاس السـلبي للانشقاقات التي ضربت صفوف الجماعة على أدائها الإعلامي.

خاتمة:

يبدو المشهد الإعلامي مرتبكًا بسبب محاولات ظهور الإخوان مرة أخرى عبر عدد من الفضائيات، التي تحرض على استخدام العنف ضد النظام السياسي في مصر، وهو ما يتطلب فهم التحولات التي يمر بها التنظيم واستراتيجيته خلال الفترة المقبلة، وإمكانية تفكيك خطابه.

فمهما كانت نبرة انتقاد قناة (الشعوب) للدولة في مصر أو خطابها الموجه إلى المنطقة العربية، ومهما كانت نبرة قناة (حراك)، فإنهما لن تختلفا كثيرًا عن القنوات التي أطلقها الإخوان في السابق باسم (رابعة) و(أحرار 25) وما تلاها من قنوات أخرى، فهذه القنوات وسط زخم الأحداث السياسية ما بعد ثورة 2013 لم تؤثر على الناس وبات صوتها خفيضًا، وبالتالي فلن يكون لهذه القنوات تأثير على المديين القريب أو البعيد.

صحيح أن هذه القنوات استفادت من ماضيها، ولعلها لن تكرر الأخطاء التي وقعت فيها في الماضي، ولكن ليس بوسع الإخوان أن يقدموا أي جديد على مستوى الخطاب الإعلامي، فأي فضائيات جديدة سوف تكون تكرارًا لما تم إطلاقه في وقت سابق، والرهان على نجاحها غير مبني على قواعد واضحة.

لقد قامت الدولة في مصر بإنشاء قنوات فضائية جديدة، بالإضافة إلى أنها طورت من برامجها واستراتيجيتها الإعلامية لمواجهة الإعلام المعادي، وفي مقدمة هذا الإعلام ما يُصدره الإخوان من فضائيات، وهنا يمكن الحكم على تأثير هذه الفضائيات الإخوانية بأنه سوف يكون ضعيفًا، أمام تماسُك استراتيجية الدولة الإعلامية.

قد ينجح الإعلام المعادي عندما لا يجد إعلامًا قويًا لمواجهته، ومن هنا يخترق عقول مشاهديه دون أي حواجز، ويكاد هذا الإعلام لا يبذل أي جهد أمام ضعف خصمه، أمّا في حالتنا فتبدو المواجهة شرسة، ويبدو الإعلام المعادي ضعيفًا في بنيته، وضعيفًا أيضًا بفضل قوة الإعلام الرسمي للدولة25.

وسوف تتحول القنوات الفضائية التي سعى الإخوان إلى تدشينها إلى ساحة للحروب الداخلية بين الجبهات المنقسمة داخل التنظيم، وهنا سوف يتلاشى خطرها أوّلًا بأول، ولكن هذا الأمر يستلزم حكمة في مواجهتها بحيث تكون المواجهة مبنية على استراتيجية، ولا يمكن اختزالها في مجرد السب والقذف فقط.

ولابد من أن يعمل الإعلام الرسمي المواجه لها على تحييدها أوّلًا، وإثارة أسباب المشاكل ودواعي الانقسام بين هذه الجبهات ثانيًا، وهو ما سوف يجعل هذه الفضائيات تغير اتجاه انتقادها لينصب على العدو القريب، وهو الخلافات الداخلية بين الجبهات المنقسمة على نفسها، ومع الوقت فسوف تبتعد عن هدفها الأصلي المتمثل في محاولة إسقاط النظام السياسي داخل البلاد.

ما نود أن نختم به أن المشهد الإعلامي للإخوان لم يتغير كثيرًا بظهور هاتين القناتين. صحيح أن صوتهما سوف يظل الأعلى صراخًا، ولكن الصراخ لا يترك أي أثر في التغيير على المدى البعيد أو حتى القريب. وقد يكون وجودهما مدعاةً للقلق، ولكن هذا لا يعني أنهما قادرتان على إسقاط النظام السياسي في مصر، ولا حتى التأثير في قطاعات كبيرة من الناس.

إن إعلام الإخوان يبدو أضعف مما كان عليه قبل عام 2013، حاله كحال التنظيم وما آل إليه داخل مصر، فوسائل إعلام الإخوان تعكس قوة التنظيم

25. إعلام الإخوان.. فتنة وتضليل وشائعات، موقع العين الإخبارية، بتاريخ 31 أكتوبر 2022، على الرابط: https://2u.pw/ kUEhnN

وضعفـه. وبمـا أن التنظيـم فقـد كثيرًا مـن مصـادر قوتـه وبـات أضعـف مـما كان عليـه قبـل 10 سـنوات، فقـد انعكـس ذلـك عـلى وسـائل إعـلام الإخـوان القديمـة والحديثة ممثلة في قناتي (الشعوب) و(حراك).

المراجع والمصادر

- «الإخــوان».. هـل تنجـح الجماعـة في استعادة التأثير الإعلامـي المفقـود؟، مركـز ترينــدز للبحــوث والاستشــارات، بتاريــخ 10 نوفمــبر 2022، عــلى الرابــط: https://2u.pw/NN3EhV

- إخـوان مـصر: تجـاوز الـصراع عـلى الـسلطة، موقـع الـشرق الأوسـط، بتاريـخ 15 أكتوبر 2022، على الرابط: https://2u.pw/D68uXk

- إعلام الإخـوان الهـارب.. إرهـاب وتحـريض وتزييـف، مركـز ترينـدز للبحـوث والاستشـارات، بتاريـخ 27 أكتوبـر 2022، عـلى الرابـط: /https://2u.pw LwpDlN

- إعـلام الإخـوان.. فتنـة وتضليـل وشـائعات، موقـع العـين الإخباريـة، بتاريخ 31 أكتوبر 2022، على الرابط: https://2u.pw/kUEhnN

- بيـان «الإخـوان».. بروفـات فاشـلة للاحتجـاج وكـرات خـارج المرمـى، موقـع العـين الإخباريـة، بتاريـخ 2 نوفمـبر 2022، عـلى الرابـط: /https://2u.pw pzDlwu

- تداعيـات صراع الإخـوان.. مـا مصـير منظومـة الإعـلام؟، موقـع سـكاي نيـوز عربية، بتاريخ 26 ديسمبر 2021، على الرابط: https://2u.pw/MMDprG

- الشـعوب منصـة إعلاميـة إخوانيـة جديـدة مـن لنـدن، موقـع كيـو بوسـت، بتاريخ 26 أكتوبر 2022، على الرابط: https://2u.pw/gOIebk

- الشــعوب.. سر توقيــت وأهــداف إطــلاق ذراع الإخــوان الإعلاميــة الجديــدة، موقــع العــين الإخباريــة، بتاريــخ 23 أكتوبــر 2022، عــلى الرابــط: .https://2u pw/XAr0nE

- قنــاة الإخــوان تغيّر اســمها.. وتتهــم العربيــة نــت بعرقلــة بثهــا، موقــع العربيــة نت، بتاريخ 28 أكتوبر 2022، على الرابط: https://2u.pw/WDlEJ

- قيــادة الاخــوان ترتبــك والرعــاة يراقبــون، موقــع ميــدل إيســت أونلايــن، بتاريــخ 22 سبتمبر 2022، على الرابط: https://2u.pw/F5oNG0

- كلمــة عصــام الحــداد، عضــو مجلــس الشــورى العــام للإخــوان وأحــد أهــم الممثلــين لجبهــة محمــود حســين في إســطنبول، موقــع اليوتيــوب، عــلى الرابــط، https://2u.pw/GkoG2

- لمــاذا تكثــف جماعــة الإخــوان هجومهــا عــلى الاقتصــاد المــصري؟، موقــع حفريات، بتاريخ 9 نوفمبر 2022، على الرابط: https://2u.pw/lYwXfX

- الوجــه القبيــح للإخــوان في مؤتمــر المنــاخ بــشرم الشــيخ.. هستيريا اســتهداف مــصر، موقــع العــين الإخباريــة، بتاريــخ 11 نوفمــبر 2022، عــلى الرابــط: https://2u.pw/y169gB

نبذة عن المؤلف

منيـر أديـب باحـث متخصـص في شـؤون الحـركات المتطرفـة والإرهـاب الـدولي، عمـل في عـدد مـن الدوريـات المتخصصة، وأنتـج عـشرات الدراسـات المتعلقة بظاهرة الإرهـاب، لـه 10 كتب؛ منهـا: «الجماعـات الإسلامية والعنـف.. العـودة إلى العمـل المسلـح»، و«خريطة الجهاد المسلـح في مصر»، و«كلـمات خلـف القضبـان.. سـهام الجهاديـين أم روضـة الزنازيـن»، و«الإلحـاد.. بـين أفـكار أصحابـه وهجـرة أتباعـه»، و«الدولـة الإسـلامية.. فكـرة زائفـة أم حقيقـة غائبـة»، بالإضافة إلى الأبحـاث التـي اشـترك فيهـا مـع عـدد مـن الباحثين ونُـشرت في إصدارات خاصة. ولـه تحـت الطبـع: «الإخـوان المسـلمون والعنـف.. قراءة في الأدبيـات المرويـة للعمـل المسلـح»، و«قراءة في عقل المتطرف».